歌集

風信子

石原洋子

砂子屋書房

*目次

I

II

III

装本・倉本　修

歌集　風信子《ヒヤシンス》

I

椿の時間

十日坂越えれば市《まち》の名が変わる寒椿つづくゆるき坂なり

裏庭にほとほと落ちて重なりて土になるまで椿の時間

深く吸えば気管支までも潤えり穀雨の朝《あした》鳥のごとくに

里の駅下りれば右手に駅長の官舎ありしよ板塀浮かぶ

理髪店の角のポストに入れてきし手紙は春のひと夜を眠らん

きさらぎの夕陽が照らす細きビル非常階段下りる人見ゆ

ベランダで布団うつ音冬空に汝がかなしみを打ち続けるか

窓からの木犀の香も取り入れて紅茶を飲もう音のない午後

マグカップ、スリッパ、クッション予定外の買い物抱え主婦という幸

ダンボール箱ほぐしてゆけば精巧なその折り業に感嘆したり

打つごとく「ラ・カンパネラ」鳴りいだしフジコ・ヘミングわが部屋に満つ

係恋とさえ言えるかも長崎にようやく来たり六十半ばに

十時発「長崎よかとこコース」まずは黙して回る原爆資料館

修道尼の傘がしずかに登りゆくオランダ坂は雨にけぶりて

半夏生

土手草を刈る青き匂いの流れきて梅雨のあいまの朝すがすがし

十坪の畑のトマトに花が咲く朝の食後のちいさな会話

それぞれに担当野菜のありまして意地を張り合う十坪畑

今年はじめて蚕豆育て初採りを敵のビールのつまみに捧ぐ

意を決し猛暑の町に出でんとす庭のブルーベリー三粒含みて

矢車草青くゆれいる細き道遠きかの人出でこよここに

今日は少し足を伸ばそうあの庭の半夏生いまは見頃なるらん

若葉かげ点すかに咲くどくだみの小さき十字に見つめられおり

置き忘れの真白き日傘ベンチには六月の陽が傾きはじむ

家内に時々不思議な音がする三日前に死んだ猫がホラ駆けてゆく

時かけてひとりで折り合いつけるくせ籠いっぱいの間引き菜すすぐ

筆記具を忘れて借りし鉛筆の芯清々と削られており

先生は両の手提げにびっしりと歌集を詰めて今日も走り来

無謀なり本人確認できるものなにも持たずに街に出できし

忘れ傘受け取るだけで駅員は本人証明みせよと宣う

コーヒーに砂糖さらさら入れる友と楽しい距離に時をゆだねる

どちらにも変わる要素を秘めている五分五分という曖昧に今

風評は荒草《あらくさ》のなか身を潜め仙女ヶ池にふり積む時間

秋海棠

ラマダンの祈りむなしも止まぬテロ秋海棠はかすかに震う

寝付かれぬ女と廊下で会ったゆえスリッパで打たれた虫の身の上

短き夏の地を打ちながらサンダルの白き素足が角曲がりゆく

農家らしき男性ふたりスーパーで不作の夏を話す声する

美容院の雑誌で目にせしエッセイが運命をすこし変えることあり

府中市清水ヶ丘東郷寺　戦死せし連れ合いに義母の建てたる墓石

青梅から府中、甲州切れ目なく街道つづく菩提寺への道

小平の深森の学舎「津田塾」の小暗き道を車はすすむ

同じ墓に入るというは必然と少し離れて夫の背を追う

翡翠《かわせみ》の絵柄すずしき皿を買う消去法のような暮らしの中で

山茶花

島国であること佳きよ届きしは豊後水道灰干し開き

甘み増す冬葱三本抜いてくる冷え性に効く弱気にも効く

高句麗の使者若光《じゃっこう》の開きし地　何かかわるや住みて久しき

高麗《こま》という地名、姓名の残る地よ眉の涼しき土地の青年

「青木村」と冠して名乗る電話にも慣れて一年Uターンの人

冬野菜のシチューことこと煮ゆる傍ミステリーツアーの案内開く

街角にわれを捉えるカメラありポインセチアの赤おびただし

足ばやに山茶花の垣曲がりゆく疎遠になりし紫コート

誰と誰話しているや夕深み立ち話の声とろりと滲む

常緑樹の葉が北風に震えてる午後の外出しくしくと準備

水分を含んだ空気が夜を連れ木霊するごと尋ね人の声

母の里に一人泊まりし幼な日のあれは虎落笛《もがりぶえ》耳に残れる

そっと開きし役場勤めの父の読む「リーダーズダイジェスト」遠き手触り

十三のわれの華やぎ部屋すみに「ジュニアソレイユ」のページくる時

先生の白き指先運針を囲みて見入るおかっぱ頭

木造の校舎に染みゆくオルガンの音先生の白きブラウス

ヴィクトリアとう愛しき名をもつシクラメン窓辺に飾るよき年となれ

連　翹

浅草へ行こうと言われすんなりと電車乗り継ぐ正月二日

かつてここにどれほどの人出入りせしか木馬座前に幟ゆれいる

創業明治六年という足袋舗あり店先にきりりと水打つ女将

浅草寺の参列に身をまかせれば一月の空いっときの忘我

連翹の小枝に結び届けたき千年はるかの返し文なら

本朝三美人という歌人《うたびと》なれども実名残らず道綱の母

待つ夜のいかに久しきものと詠みし古人《いにしえびと》を偲ぶ眉月

禍多き年を越したり残雪の道ふみしめて高麗神社まで

生きたまま紐で縛られ運ばれるとう上海蟹よ何を見ている

如月の雨水仙を濡らしゆく年重ねたる陽水の声

駅ビルに呑まれてしまえば北国の駅舎といえど明るいばかり

サバンナを紫に染めて咲くというジャカランダの春恋うるよ吾も

地生えですと蕗をいただくさっと茹で皮むきゆけば翡翠の肌《はだえ》

大陸の黄砂の交じる冥き空出奔叶いしスカーフが舞う

リラ冷えと書かれし葉書しばしの間テーブルに置く雨季の続きて

父逝きて

一本の電話でそれは始まれり父危篤となる彼岸の夕べ

惚けずに米寿となるもそれはまた少しく哀し歳晩の日々

青年期を軍服に籠めしあの日から父のまといきし男の寂鬱

父の語りし兵士の日々の断片をたぐりてもまだ桜しらじら

小まめなる優しき父の傍らで自立の遅く母も老いたり

日曜八時〝音楽の泉〟流れくる細身の父がいるような朝

父の買いし「スクリーン」時に覗き見て映画好きの血われは受け継ぐ

父が逝き初めての冬時雨きてコトリと狐が戸をたたく夜

八十六で寡婦となりたる母と飲むココアのぬくみ連翹がさく

木苺が赤らんでわれを誘《おび》くけどそは獣道と小さき声のす

ふわふわをふはふはと書く旧かなを使ってみたき合歓の花色

それぞれに火種かかえて友四人ダージリンの香のたつ六月のカフェ

言い出せば〝過保護〟と即時思うらん子への杞憂は互いの胸に

あの人の美しき鎖骨がTシャツにのぞき今年も緑ふかまる

瑞泉寺の玉紫陽花がひらき初めゆきあいの空今日方代忌

大宮の氷川の夏森、　生あらば大西民子まだ八十二

ドイツにて買いきし一本のアイスワイン白刃のごとき甘さの走る

人気《ひとけ》なき洗面台の忘れ物スマホ冷たく横たわりおり

弟からの相続にかかわる封筒のすげなきまでの達筆の文字

わが袖に身を隠したる日は遥か弟の脳は数字にて満つ

早暁の不穏な夢を払わんと窓そっと開け若き陽を浴ぶ

昨夜九時パジャマ姿で消えたという我と違わぬ歳の女は

＊

肌《はだえ》しろき大韓航空のＣＡの笑顔の見えてややに安堵す

初夏のソウルまほろばチマチョゴリ薄紅色の木槿が揺れる

釜山港のチャガル市場のおばさんは化粧を決めて魚を捌けり

「イルボン《日本人》?」と声掛けられて慶州の安東村はいま夕茜

友とふたり店員とのやり取り楽しみて特産のアメシスト旅の証とす

ハングルのケンチャナヨー《大丈夫》を唱えつつ乗り切る習い呪文のごとく

喜多院

十月初め川越喜多院境内に椅子を並べて人々集う

ショール一つで夜気を凌ぎて心浮く「第九の夕べ in 喜多院」に

ソリストの「ハバネラ」高く伸びゆきていつしか月は雲間より出づ

三百人の混声合唱団の第九なり喜多院の石段に立ち並びたり

喜多院の深き樹林をわたる声　五百羅漢も聴きておわすや

目瞑れば陰画となりて立ち上がる昼間あおぎし桜の大樹

ふたりで見るはただに明るく一人なら淋しきばかり桜満開

雑木林の辺《ほとり》に一本の桜ありてたどりて行けば行き止まりなり

花びらの数ほど詩歌に埋もれいる桜にわれは立ち尽くすのみ

散るために満身で咲くを哀しみてこの季《とき》はある大和のさくら

受けた言葉の形ようやく見えてきて歩道橋はいま夕焼けのなか

踏切の信号音をとおく聞く息子のアパート小さきキッチン

しおり紐今日また少し進ませて利休の自刃まで読みゆけり

奥多摩の渓に吊られし鯉のぼり薄闇のなか魄をはらみて

秩父事件

いつもより遅れましてと添えられし筍三本玄関にあり

ハケという湧水沿いの道をゆく国分寺崖線秋の木洩れ日

坂の多い国分寺崖線の町歩く既視感におりおり身をゆだねつつ

秩父路は初夏色があふれ出て椋神社ここ意外に狭し

語り継ぐ秩父事件におもいはせ吉田町なる資料館に入る

暴落の繭値にあえぐ農民を救わんと起ちし秩父困民党

音楽寺この鐘打ちて蜂起せしかの日を思いて五月雨に立つ

髪染めし若者の繰るトラクターの水田すすむ「長若」あたり

「都幾川村」ひら仮名となり町となり名物蕎麦の幟はためく

カレンダー夫がめくればこの部屋は今日からひまわり畑に向かう

ピオーネの紫の粒いまの世に少し疲れし子に浸みとおれ

鉛色にかすか青みの加わりて暗転はじむ雷はらむ雲

左手はハートに近い　ラジオから左手だけのピアノ流れく

それは甘え――内よりふいに声のして人頼み案辛くも脱す

坂道の途中で見える遠秩父　子の決断はいいのだろうか

日薬《ひぐすり》という言葉あり朝庭のツワブキの黄をしばし見ており

放送塔の一番きこえる北窓をそっとあければ冷気入りくる

II

あの日（三・一一）

午後二時過ぎ何が起きたか判らずに庭隅に座りこみ揺れる家見き

嫁の実家石巻でねと知らぬ人が話しかけくる郵便局で

避難所の母上案じ旅立ちぬ友の実家は岩手山田町と

レジ待ちの列は遅遅たり風評とはこんな所で生まるるならん

春の部屋にテレビ体操流れいる震災のこと幻であれば

ろうそくの灯のもと三人《みたり》囲む卓計画停電ことば少なく

ホットスポットという不気味な言葉耳に慣れ今年の秋は足早にゆく

待合室の週刊誌に在る平常感あの日以前の日付としりぬ

改札のあたりの照明落とされてモノクロームの人のかたまり

福島のフルーツロードをバスに来て黄金桃もぐ甘き重みの

みずからに選びえぬこと多くして上弦の月にたたずみており

眉月

ほどのよき音たて車のドア閉める長《おさ》の子帰る寒月たかし

われに似て愚痴らしきこと言わぬ子の背《せな》そっと見て門に送りぬ

諸々の条件重なりいまの世の未婚人生となるのか君も

周到に捻りだしたる休暇らし息子のみやげ三月京都

道場の少年の声よみがえる竹刀はひそと立てかけしまま

帰りゆく次郎の背《せな》にかすかなる自信のみえて眉月たかし

乙の子の連れきしおみなの白き服夜の玄関に蛍のごとし

マンションの窓に洗濯物みえて確かな絆を次郎は得たり

珈琲店「窓」閉じられて痩身のマスターもモカも遠くなりたり

アンデルセン繰り返しせがむ児の傍に診察をまつ緩き陽のさす

洗濯バサミ止められないと笑いつつ友は歪んだ指を見せたり

おもおもと葉陰にひらく黒椿振り返るなとかすかなる声

かたむきし門覆うごと伸びたちてうす紅山茶花いまさかりなり

泣くためにありしとう背戸　伯母の亡き今も小昏く竹の葉擦れす

今日はまだ誰とも言葉交わしてない夕空飛ぶは伝書鳩かも

修復の機会はどこかに潜んでる楡の葉ずれの中にも　ほらね

パンパスグラス

この秋もパンパスグラスに会えた道どこかそこだけ異郷のような

駅前の廃屋ようやく壊されて戸外に顕わる最後の生活《たつき》

〝シルクロード77日間の旅〟の広告がまた過りたり食器ふく間も

少年の腕に震えて来し日より家族となりぬお転婆ちゃみー

ひったりと我に纏わり眠る猫　子を産ませぬを少し悔やみぬ

猫好きか否かを瞬時見極めて客に寄りゆく甘き眼をして

わたくしを見ていしことがバレたればつと眼を逸らす三毛猫ちゃみー

食肉獣ライオンの仲間なる猫二十歳ひたすら眠る四肢を伸ばして

門先に腰をかがめてしばしの間郵便配達員は猫かまいいる

古代より不正は消えぬオリンピック競うこととは修羅でありしよ

飲食《おんじき》さえ心許せぬこととして安らぎ薄き競技者の背《せな》

一位でなくば死なりと言いし氷上の覇者二位と判りてその頬固し

争いを止むことできぬ性であればスーツの陰の尾骨がさむい

ラテンの血少し厄介フランスは大統領も恋にいそがし

火焔樹

旧サイゴン冬なお暑くホーチミンは怒濤のごとくバイク流れる

ウェイトレスの形《かた》よきアオザイ　スリットの肌の若さよサイゴンの朝

ゆったりとベトナムコーヒー飲む朝のホテルの窓の濃き緑陰

メコン川を逃げる母子の写真ここに戦争記念館澤田の遺作

おしゃれなるドンコイ通りさはあれどゆったりできぬバイクは走る

＊

窓越しに香港島のビル群の手に届くごと九龍《クーロン》のホテル

不況ながら旧正月の近づきてどこか明るいセドナの広場

リヤドロの人形のような少女ゆく見知らぬ町にバス待ちおれば

中国の南の門とガイド言う憧れながき「廈門《アモイ》」にいま来し

ビル並び道幅ひろく南国の街路樹ゆれる清潔な街

対岸の二百五十キロは台湾と、夫と並びてタクシーの窓

フェリーにてたちまち渡るコロンス島日本領事館の古き門みゆ

租界地の面影のこす洋館にいま火焔樹は赤き花どき

まなかいに幻の帆船見ゆるごとマラッカ海峡わが前にあり

ジャワ更紗ピタリと着こなす乗務員の鎖骨美しマレーシアライン

夏椿

朝の卓に桃の実を食む今日ひと日わが血脈のすこやかにあれ

どの庭も百日草がさいていた遠き夏の日あっけらかんと

庭先に育つゴーヤにミニトマト家族《うから》の話題づくりの薬草

もうここは亜熱帯でなく熱帯よとゴミ置き場にて隣人の弁

憎のごと静やかに畝を作りゆく男が見える東の窓に

話しつつ素早く日傘たたみゆく手元にしばし見とれておりぬ

合掌の形に生いくるジャスミンの葉に朝なさな祈りこめたり

江戸城の名残のような駅名をうらうらと聞く午後のメトロに

天窓もいつも綺麗に磨きいし歯科医院閉じぬと人づてに聞く

夕刻まで掃かずにおこう夏椿いち日花の白みずみずと

移植して三年目なる百日紅ようやく大き花房となる

カラメルの匂いのような夕焼けに迷い人早う帰っておいで

フランク永井の〝公園の手品師〟いるような暮色の公園入ってみようか

後半はなぜか速くに読み進む本のごとしも人生時間

頃合いも降りっぷりも良し待望の千両役者のような夕立ち

母の死

ある朝《あした》唐突のごと必然のごと母の死伝えるケータイ電話

百歳まではあと四年なりしにうらうらと春日のなかの小さき顔《かんばせ》

八重桜寺院の門にあふれ咲き母はしずかに旅立ちゆけり

出嫌いの母がどっぷり過ごしたる隠居ん家《ち》なり築九十年

十人の母の孫たち次々にお化けごっこした仏間の昏き

「いんきょの洋子ちゃん」物心つきてようやく隠居がわかる

中二階へそっと忍んで眺めたる東京絵はがきの夥しき数

中二階の行李の中に積まれたる明治・大正おんなの着衣

緑のなか終の棲家のホスピタル母眠るのみ風薫る窓

夏椿しらじら散りて母からの便りのごとし梅雨入り十日

金木犀

待ち合わせ友ははやばや駅前にしろき日傘を揺らしておりぬ

さいたま市桜区と友の宛名書く多分しあわせな晩年ならん

少しだけO脚となったダンディー氏ピンクのシャツが歩いて行くよ

咲いたよと金木犀の香とらえしは夫が先なりこの秋もまた

葉陰より紅山茶花の見える朝思い出すとは供養なるべし

父たちの戦場なりしルソン島台風禍として幾たびも耳に

いつしらに島の名町の名覚えゆく被災地として知るは悲しも

メタセコイアは地球最古の植物と教えくれし声ふと思う町

逝きし友に貸したままなる本想う『父の詫び状』秋霖つづく

リモージュの手鏡ヘレンドのティーカップ下ろすとしよう自分のために

訪れきし元農林技官氏日焼けして今年の栗は甘いよと笑む

買い替えし炊飯器シャーシャー明るくてかわたれ時を楽しませるよ

街に散るプラタナスの葉踏みゆけば待ち合わせという言葉の甘き

手品師の肩から鳩が飛んで行く息子によく似た背たかき男

膝頭にヒアルロン酸注入し整形外科の柿の実あおぐ

家族らは今日も凡庸に生きていく足らざることの清々しさよ

まんまるの栗の実一つ転がれり郵便局への近道ゆけば

自分へのご褒美なんて言葉たぶん言えないだろうとペダル漕ぎつつ

再放送何回目だろう夕食を作る背に聞く「北の国から」

南の風（セブ島）

義父若く戦死せし地のセブ島を訪なう夢の今ぞ叶いぬ

セピア色の写真一葉持ち来たり幼く父を失いし夫は

クラクション響きてマニラは渋滞すビル群の裏屋台ひしめく

いまはまだ治安悪いというマニラ町の男の眼付きが違う

篤志家の手にて建つとう慰霊塔海みはるかし南の風受く

セブ島に散りたる義父の盂蘭盆会好みしおはぎたっぷり召されよ

III

八高線

八高線のボックスシートに身をゆだね車窓ながめるわが小さき旅

絹栄え良き酒蔵の処々にあり　八高線の初夏をゆく

七十年まえ八高線の事故ありし土手下の碑に供花の絶えなく
日高市上鹿山

東京からの買い出し列車は人溢れ百八十三名の命散りしと

降り立ちし無人駅舎の手洗いのコップに二輪どくだみの花

西窓にかすかに匂う金木犀隣の庭の初咲きらしき

懐かしき人に出会いし裏道はうす紫の九蓋草さく

侵略性そは自らも滅ぼすとセイタカアワダチソウの哀れを思う

あの家に華やかな声ありし日々友去り久し赤き屋根みゆ

モルダウの旋律ふいに浮かびくるわが裡にいまも絶えぬ河あり

クロワッサン上手に食べる人の指午後のカフェにはゆるき陽のさす

「御直し」の看板薄れ目に浮かぶガラス戸の向こうミシン踏む人

欠落を嘆くなかれと声のして暮色に浮かびし稜線見入る

ヘッドライトに白く浮き立つ芒原　どこやら鬼女のあらわれそうな

スカラ座

名画館「スカラ座」小江戸に蘇るチケット売り場の声のはずみて

制服のままスカラ座に身を沈めササールやドヌーブに酔いしあの頃

可憐なる人民服のチャン・ツィイー「初恋の道」駆けてゆくなり

悲しみを湛えた瞳ブロンディー「戦場のピアニスト」もう泣きはせぬ

女流画家「フリーダ・カーロ」の激しき生赤赤としてメキシコに燃ゆ

英雄はチャン・イーモーにて再生す始皇帝なる新しき像

*

身めぐりの行方なかなか見えねどもナイストゥミートユー欅の若葉

レストランの看板朽ちて目に浮かぶ細身の主ボルシチの香

ゆで卵剝くはこんなに優雅なの午前のカフェにいま私居る

江戸黒の漆喰壁の闇に溶け音の途絶えし夜更けの川越

赤昏き月蝕ひとり見上げれば夜気はいよいよ冷えを増しくる

イヤホンから流れるジャズにノイズ入り積乱雲が生れたるらしき

耳の中のパバロッティに酔いしれてラジオ深夜便波のまにまに

日曜の卓

たっぷりのコールスローを夫と子が黙黙と食む日曜の卓

移植せし百日紅の花芽づきわれより夫が気に掛けており

早起きの夫の淹れるコーヒーの香ひたひたひたひたと家中占める

いち早く半袖となりし白き腕春の電車になまめきて見ゆ

どこまでかいつまで続くか分からないパソコン教室不思議かかえて

壁に向かい互いの顔も知らぬままパソコン教室に出入りするなり

今日のわれを包みてくれる場所なるか魔界めくここドラッグストア

病院のロビーの隅の大輪の胡蝶蘭には水はいらない

この土地に共に越しきし女《ひと》の名が斎場高く掲げられたり

あの女《ひと》の新たな家族の顔顔を拝みてそっと通夜席を出る

画眉鳥の声のみひびく梅雨晴れにゆるりゆるりと身辺片す

デパートの屋上庭園ふと浮かぶ細き桜木まだあるのだろうか

ふと見せる気難しさは我もまた合わせ鏡と桜花《おうか》散る道

定期券買う列長き高架駅さくらはすでに北へすすみぬ

脚折《すねおり》雨乞祭

江戸よりの祈願の行事いまここに甦りたり「脚折雨乞」

隣町に雨乞祭復活す　風よべ雲よべ龍神さまよ

竹と藁、熊笹で覆い作られし二トンといえる龍の重量

この年の担い手の中に九人のフクシマの少年招かるるとう

男衆三百人に担がれて龍神は練る雷電池《かんだち》まで

龍を待つ雷電池の人の群れ昇天の時いよよ近づく

長老の「解体！」の声響きたり男衆飛び乗り龍蛇を壊す

四年に一度オリンピックと重なりて鶴ヶ島市に戻りし奇祭

龍神の雨乞祭り七日たち乾きし土を打つ雨の音

ハンカチの木

東御苑の雑木林の海老根蘭　幾代の女《おみな》の立ち姿のごと

季を渡すバトンのごとし地を濡らす穀雨にひと日洗われており

日記には本当のことは記せないハンカチの木の葉高々と揺れ

「アダージョ」と小さき看板見つかりぬ鄙には稀なパン屋さんなり

店内の春キャベツの文字いきいきと背筋伸ばしてカートを押しぬ

あの人は肩甲骨を意識して歩いているよ八十路先輩

夫の観るテレビドラマは再放送ひとときゆるき午後の充足

坂道を好みて住み来しこの町のそれこそが負と思う時いよよ来て

坂道を親子四人の自転車で走りしあの日遠くなつかし

長引ける入院の日々を詠みつづく中村さんに会える朝刊

カクカクと折れやすき心になりにけりさあこれからはサ行でいこう

ちょっと憎いものの一つに畑にて人参かじるイケメンのシェフ

ちょっと憎いもののもう一つ決めシャツでベビーカー押す初々しきパパ

ちょっと憎いもののあと一つ楽しげにピッチカートするバイオリニスト

ちょっと憎いものまだありてゆったりと挨拶にくる割烹の女将

昼の幻想

柿の実の照りて輝く家々を羨しとおもう神無月なり

街角の古き時計屋主から濫蓄をきくも今日の彩《いろどり》

若冲の鶏か赤き鶏冠《とさか》たて農家の庭の昼の幻想

ラ・フランスふる里からと自転車で届けくれし女《ひと》目元涼やか

歩きゆけば下野新聞旧社屋にふいに出会いぬ蔵のまち栃木

たった二日旅から戻るに家内はどこかよそよそし主婦われにさえ

寡婦となり初めての夏いもうとを時折思うあおき紫陽花

冷蔵庫の玉子が減れば心細し南岸低気圧またちかづきぬ

歯ごたえのほどよく残る煮りんごを噛みしめ一つの決断をする

夜を練る男踊りの美しと八尾の旅をスマホに受ける

姉妹三人《みたり》外反母趾を見せ合えり法事の果てし冷たき廊下

耳鳴りは道づれにしてこの冬の柚子を刻みて大根を干す

干し芋を作らんと青き陽にあてて甘く乾くを待つ寒の入り

三陸の寒風干し鮭の文字目に飛び込みて注文書にマル

歳末のひと日雑司ヶ谷に脚のばす鬼子母神まえ門松すがし

駅頭を抜ければやがて木立みえ雑司ヶ谷の鬼子母神はあり

自転車に出前ゆくなり歳末の門前仲町小路あるけば

落ちしまま木下に数多かりんの実冬の夕陽に明るみており

レース編み

如月の朝の陽満ちて自動車を使わぬ生活《くらし》今日から始まる

階段の手摺は姑にと付けたるが我ら夫婦を今は守りぬ

久方の光溢れる春の道二人連れなる袴のおみな

末妹の退職祝う春の夕べ歳重ねるも愉しかりけり

この役は誰が演じたっけ再読の清張閉じる寒椿の赤

華道好みし姑の遺品の花器・剣山ずしりと重しこれも処分へ

夫には継がれぬ姑の器用さよ働く寡婦のレース編みの嵩

残念賞は桜の香りの入浴剤半分入れて今日のフィナーレ

*

集合は田端北口ポツポツと歌友集まり今日研修会

駅前の田端文士村よりつづく坂あの後姿《うしろで》は龍之介かも

駅からの切通しの先はいとこの家いっとき通いしも遠き日のこと

時の磨く朝倉彫塑館に飾られし響子・節さんリアルな写真

三階より屋上に出ればいきなりにスカイツリーが眼前にあり

文人の多く住みたる界隈を歩めば坂は日暮れが早い

アガパンサス

訪ね来し小さきギャラリー前庭にアガパンサスの紫の群れ

中庭を通ればかすか裸婦の声　美術館きょう閉館日です

帽子からポニーテールが揺れているガス検針の娘《こ》朝道を行く

その家はヘブンリーブルーに覆われてチャイム押す指ふとためらわれ

あいまいな笑いのままに別れきて駅の花舗の極楽鳥花《ストレリチア》よ

小半日失せ物探しに翻弄さるかかる不安らしかの病とは

スマホ見るその顔あげて空を見て君の五感がホラ動き出す

琵琶奏者

己が姿映しみるとて川面まで枝を這わせて桜満開

長瀞のさくらの夕べ甦る「平家」語りし琵琶奏者の死

上原まり氏

美貌にて少し不幸な境涯は女人好みと白蓮伝記

人気《ひとけ》なき深更の土手鬼たちがひそと桜を愛でているらし

千年を越えて届きし歌いとし詠み人知らず野に斑雪

貴人《あてびと》の相聞とどけし従者らは歌の想いに心寄すらん

夕闇の農家の裏庭しろ明かる案内《あない》するごと射干の並びて

礼言えば「お口よごしで」と柔らかな声返りくる春夕つかた

縁《えにし》ぞと天皇・皇后いでませり　わが市に建ちし高麗神社へと

緋と燃ゆる曼珠沙華いま巾着田　美智子皇后の白き召し物

能仁寺の濃緑の庭しずまりて百日紅のくれない揺るる

コーヒーに砂糖を沈めポツポツと夫亡き日々を友は語りぬ

つれあいの逝きて迎えしこの夏もサラダ菜、キューリ車で届け来

茄子、トマト、オクラ、ピーマン、落花生友の畑は百菜繚乱

ふいに来しひとりの暮らし友の背の風切羽ははばたき始む

桜桃忌

誘いうけ初めて下りる三鷹駅　梅雨晴れ暑く緑蔭ふかし

ガイドの指す玉川上水その場所は木立の深く小昏き水面

事件遠く「風の散歩道」なる川沿いは洒落た町なみ外つ国のよう

路地の奥はつかにのぞく赤い屋根太宰の借家遠巻きに見る

津島家の墓前に集う人垣にわれら居るなり今日桜桃忌

鷗外のはす向かいなる墓なりき古刹禅林寺木立の古りし

墓前には日本酒、線香、さくらんぼあまた祀られ意表つかれき

読経待つ少しの間《あい》に立ち暗みす黒いマントが過《よぎ》ったような

太宰治文学サロンのバーの写真そのモダンさと明るさも太宰

作家らと居並ぶ写真その中にひときわ美し太宰治は

短くもあまりに激しき三十九年　七十年を経てわれを揺さぶる

雉の鳴く

林にて雉の声ありすぐさまに双眼鏡手に夫は窓辺へ

雉もまた雄が美しエメラルドの羽光らせてケーンと鳴けり

頂きし深谷のネギをたっぷりと主役のように鍋に満たして

赤城おろしの冷たき風に甘みたつ深谷のネギはさっと焼くよし

デパートが文化の象徴でありし頃歩き廻れりハイヒールにて

電話魔と言うも今では懐かしく誰も自分ではないと思っていた

わが部屋にアランドロンとカルディナーレ三時間の「山猫」に浸る

「徹子の部屋」六回目の出演その言葉表情愛《うつく》し市原悦子

轟音たてプレジデントのヘリコプター真昼の頭上連なりていく

車なら横田基地まで四十分のわが庭に立ちヘリコプター追う

飯能の川沿いに建ちし「カールバーン」家族のランチ嫁の笑顔も

ベランダから頭ののぞく富士の山近眼細めて確かめる朝

何のマジック少しだけ見える富士山ぞこの位なら許される自慢

新婚すぐ戦地に発ちし父のこと守りし母のこと　遠き木枯し

矢　絣

形のまま散るとう白き茶の花を三つほど拾いしみじみと見き

流れくるは椰子の実にあらず大海は今しんしんとプラごみの増え

躱《かわ》せるものは躱しなさいと菜の花が月に潤みて夜に溶けゆく

大胆な秩父銘仙矢絣が色白き母に似合いていたり

ドラマに見し橋を探して目黒川折り重なりし桜にむせる

献残屋、接ぎ屋、鋳掛屋いきいきと生業のたつ江戸のはるけき

居並ぶは不知火、ぽんかん、はた清見変わり身早し柑橘類は

六カ月문《ムン》先生に教わりし韓国語さあて二度目のソウル

ケンチャナヨー《大丈夫》、マシッソヨ《美味しい》、オルマエヨ《いくらですか》、カムサハムニダ《ありがとう》そしてサランヘヨ《愛してる》

椅子深く大きひざ掛けに横たわりビジネスクラスのごとかる昼寝

華やかなピンクの似合う友さっとランチの後の薬を飲めり

あの日から八年経ちし朝寒くただただ深く原発を忌む

誰も彼も一番いい顔してるなり漂うように桜公園

妖怪いそがし

「妖怪いそがし」に憑かれし者はそが快感になるとや　恐し

テレビから〝福利厚生見直し〟と聞こえガス止め走りてゆきぬ

「過労死」が死語となる日を祈りおり槐の並木に白花の咲く

大小の首領の不気味なパフォーマンスこの是非分かるは後々のことか

麻薬のごと金に麻痺した鷲鼻がまた夕刊に　平成おわる

カルロスとは利発そうなる名なりしがクルーザーはすすむ欲望の海へ

外国人観光客の人波に同化して我ら　上野の桜

心理学に長けたる者がいるのだろうオレオレ詐欺の深い闇奥

受け子とう使い走りを少年にさせる場面よ脚の震える

仏頂面するんじゃないとどこからか声のするなり今の私に

前世のどこかで受けた傷のごと凌霄花に胸さわぎして

これからのキーワードたる〝孤独〟の語きもち次第で色変えそうな

風信子

初だるま飾られたった一人にて店続けるとう美容師の笑み

外つ国の少女のように思いけり庭に根付きし風信子《ヒヤシンス》の青

あまたある楽器の中で一押しに切なきものはバンドネオンぞ

心地よきBGMなりアコーディオンつい長居する初めてのカフェ

庭陰に十二単の淡き青奏でるごとく並び立ちたり

五月風《さつき》　絹サヤと呼ぶ莢豌豆もぎたていただき夫と筋取る

これからは想定外の未来だと実験室に置かれたような

テレビにはロボットキャスター喋ってる白昼の幻夢いや幻夢でない

人生で寿命が倍になる体験そう滅多にない我らの世代

本音では桜の散りてＧＷ去り花粉症なき皐月半ば佳し

ラジオから「桜坂」低く流れくる窓の糠雨ふりやまぬ午後

「閻魔堂」の闇に入るもいいじゃない夜更けのサザン　言霊の海

足早に人の行き交う朝の駅気を引きしめて混じりてゆかな

茶畑が朧の月に明るみてときおり低く恋猫のなく

改元を惜しむかのごと花冷えの続き卯月は彩りてゆく

解説

久々湊盈子

『風信子《ヒヤシンス》』は石原洋子さんの第二歌集である。第一歌集『海図』は二〇〇二年、当時、所属していた「個性」時代に出版されている。たしかその前後に出版された数冊の歌集と一緒に出版祝賀会が開かれたと記憶しているが、残念ながら「個性の会」は主宰の加藤克巳先生がご高齢となられて、その後、まもなく解散となってしまった。

当時、わたしは「個性」に所属しながら個人的に一九九二年から「合歓」という雑誌を年に二回、ほそぼそと出していたのだが、石原さんは「個性」終刊後、近隣の歌友と連れだって「合歓の会」に入って下さった。師のもとを離れて心細く思っていたわたしにとって、それはとても嬉しいことだった。

以来、石原さんは埼玉県の志木に拠点をおく支部を支えて、地道に歌作に励み、かつ、歌の鑑賞や、歌集の批評などに積極的に取り組んでこられた。志木支部の会員はそれぞれに個性的な歌を詠み、文章力のある人が揃っていることも幸いしているのだろう。お互いに切磋琢磨しながら、読む者の心に残るような、奥行のある歌がつぎつぎに生れていることにわたしは大いなる期待を寄せているのである。
いい歌が多くて、抄出するのに迷うくらいだが、いくつか石原さんの特長がうかがえる作品をあげて読んでみたいと思う。

裏庭にほとほと落ちて重なりて土になるまで椿の時間
夕刻まで掃かずにおこう夏椿いち日花の白みずみずと
夏椿しらじら散りて母からの便りのごとし梅雨入り十日
降りたちし無人駅舎の手洗いのコップに二輪どくだみの花
外つ国の少女のように思いけり庭に根付きし風信子《ヒヤシンス》の青

一読して植物、それも花の歌が多い歌集であるという印象を受けた。巻頭近くにおかれている一首目の歌。裏庭というのだからあまり他人の目には触れない庭の一角にたっている椿の木である。しっとりとした庭土の上に重なるように落ちている紅の花。椿はその形状を変えることなく、多くは上向きに落ちる。

山茶花のように花びらで散るのではないから、それが土に還るまでにはかなりの日数がかかるだろう。それは椿に与えられた時間なのだ、という。二首目の夏椿は一日花で、毎朝、清楚に咲き一日の役目を終えると夕刻には潔く落ちてゆく。いずれの花にも花自体の物語があるようで、三首目の「母からの便り」のようだという作者の思いが伝わってくるようだ。

四首目、降りたった無人駅。おそらくは単線のローカルな電車の駅だろう。そこに人影はないが、手洗いの棚にどくだみの十字の花が二輪挿してあったという。どくだみはその名のようにあまり歓迎されない野の花ではあるが、よく見ると可憐な花である。そんな何気ないところに作者の心が動いたのがよくわかる。五首目は歌集名ともなった風信子の歌である。実家のお父さんが丹精されていた風信子を掘りあげてきて自宅の庭に移し植えた場面。ようやく根付いたかと思われるのだが、まだ何となくよその国からきた少女のようにどこか居心地が悪そうで、それゆえにその青い花がいじらしくさえ見えたのだろう。

マグカップ、スリッパ、クッション予定外の買い物抱え主婦という幸

咲いたよと金木犀の香とらえしは夫が先なりこの秋もまた

早起きの夫の淹れるコーヒーの香ひたひたひたと家中占める

冷蔵庫の玉子が減れば心細し南岸低気圧またちかづきぬ

庭先に育つゴーヤにミニトマト家族の話題づくりの薬草

泣くためにありしとう背戸　伯母の亡き今も小暗く竹の葉擦れず

石原さんには「家を守る日本のいいお母さん」というイメージがある。それは現代の働く女性の目からみれば勿体ない、社会に出て自分の能力を発揮すればいいのに、と思われるかもしれないが、そうではない。一首目、買い物に出て予定してなかったものに思わず目が留まって衝動買いしてしまった。それは高価なアクセサリーなどではなく、暮らしを豊かにいろどってくれるだろうマグカップやスリッパ、クッションといった細々としたものなのだ。だがそこに石原さんは「主婦」という自らの位置を幸福と感じて、ささやかな贅沢ができ

る生活への感謝の念を抱くのである。

それには何より二首目の、秋の訪れをいちはやく感じ取って「金木犀が咲いたよ」と告げてくれる夫、三首目の早起きしてコーヒーを淹れてくれる豁達な夫の存在が大きい。四首目、冷蔵庫の玉子置場にはいつも玉子が並んでいる。日々の食卓に欠くことのできない玉子の存在というものは、それ自体が家庭の安定の象徴のようなものだ。台風が来るとなったら、まず食料の確保。必需品の玉子を第一番に買いに走るのだ。

また五首目のように自宅の庭に菜園を作り、作物を日々の食卓に載せるというのも主婦である喜びにつながる。六首目、伯母の時代にはまだ女性は家に縛られ、家父長制のもとで、忍従を強いられることもあったであろう。石原さんは伯母からそういった話を聞かされていたにちがいない。それに比べると今の自分はなんと幸せであることか、背戸に茂る竹の葉擦れを聞きながらそんな思いをかみしめるのだ。

そっと開きし役場勤めの父の読む「リーダーズダイジェスト」遠き手触り
父の語りし兵士の日々の断片をたぐりてもまだ桜しらじら
日曜八時〝音楽の泉〟流れくる細身の父がいるような朝
父の買いし「スクリーン」時に覗き見て映画好きの血われは受け継ぐ
父が逝き初めての冬時雨きてコトリと狐が戸をたたく夜
制服のままスカラ座に身を沈めササールやドヌーブに酔いしあの頃

あとがきに書かれているように、石原さんはお父さん子であったようだ。読書好きで映画好きの、どちらかというと文系の端正なたたずまいの男性像を思い浮かべる。石原さんはそんなお父さんの読む雑誌を憧れながら読んでいたのだろう。今のようにテレビやネットを通じて外国からの情報が溢れてくる時代ではない。「リーダーズダイジェスト」や「スクリーン」が、見知らぬ世界の文化への興味や好奇心をそそったであろうとは容易に想像できるし、現在の石原さんの音楽や映画への親炙もわかるような気がする。

今年初めて蚕豆育て初採りを敵のビールのつまみに捧ぐ
寝付かれぬ女と廊下で会ったゆえスリッパで打たれた虫の身の上
甘味増す冬葱三本抜いてくる冷え性に効く弱気にも効く
ラテンの血少し厄介フランスは大統領も恋にいそがし
姉妹三人外反母趾を見せ合えり法事の果てた冷たき廊下

ところどころに見られるユーモアの歌もぜひ紹介しておきたい。近所に借りている菜園の歌はいくつもあるのだが、その一つ。この一首前には〈それぞれに担当野菜のありまして意地を張り合う十坪畑〉がおかれているから、この「敵」は菜園仲間のことだろう。初採りの貴重な蚕豆を、内心はたぶん惜しみながら敵のつまみに捧げたという、その時の顔つきまで思い浮かぶような愉快な一首である。二首目は夜中の廊下を跋扈するゴキブリの歌。寝付かれず水でも飲もうと廊下に出たものか。不遇な「虫の身の上」という体言止めが効いていいる。三首目の「弱気にも効く」は作者のことのみならず、すこし内気なご長男にも冬葱を食べさせてやりたい、と読むべきなのかもしれないと思う。四首目はフランスの例の大統領の顔を思い浮かべてにやりとさせられるし、五首目はわたしがいちばん好きな歌。法事というのだからそれぞれちょっと気のはる装いで来たのだろうが、やれやれとなった時に外反母趾の話になったという。法事とはまったく関係のない、年を重ねた姉妹同士の気の置けないやりとりが、たぶんお寺の「冷たき廊下」という場の設定をバックにありありと感受されるではないか。

旧サイゴン冬なお暑くホーチミンは怒濤のごとくバイク流れる
ゆったりとベトナムコーヒー飲む朝のホテルの窓の濃き緑陰
リヤドロの人形のような少女ゆく見知らぬ町にバス待ちおれば
まなかいに幻の帆船見ゆるごとマラッカ海峡わが前にあり

ハケという湧水沿いの道をゆく国分寺崖線秋の木洩れ日
坂の多い国分寺崖線の町歩く既視感におりおり身をゆだねつつ
音楽寺この鐘打ちて蜂起せしかの日を思いつつ五月雨に立つ
この秋もパンパスグラスに会えた道どこかそこだけ異郷のような

ほかにもこういった旅の歌や、情景を活写した歌など抄きたい佳什がたくさんあるのだが、いささか饒舌にすぎる解説になった。あとはお手に取って下さる方々の鑑賞に委ねることとして、石原さんの向後に期待しつつ擱筆することとする。

あとがき

人生を四季に例えれば、わたしの場合、いよいよ冬にさしかかったところと言えるでしょうか。四季のはっきりしているこの国では人々はその折折を慈しんで暮らしています。どの季節にも特徴があり、また正と負があり、負が多いと思われがちの冬にも、心して味わえば豊かな滋味があります。せっかくこの世に生を受けたのですから、人生の冬も大切に味わいたいと、いまわたしは思っているのです。

加藤克巳先生主宰の「個性の会」に平成九年に入会して、終刊が近くなった十四年に第一歌集『海図』を刊行しました。その後、久々湊盈子先生の「合歓」に所属して、早や十五年以上になります。「合歓」では毎号のように文章を書く機会を与えていただき、著名歌人の歌集評など書きながら夢中で過ごしてきた感があります。

この間に、第二歌集を出すことが頭を過ることがありましたが、生来の億劫がりも手伝って、なかなか踏んぎることができませんでした。しかし、ある日ふいにわたしの中になにかが湧き起こり、重い腰をあげようと思いたちました。意図した訳ではありませんが、それはちょうど平成の終わりと重なったのです。

十五年も経たのだから相当の歌数があると思ったのですが、整理してみると意外と少なかったのです。そこで淡々と日常を詠んだものの中から、あまり力まず感じたものだけを抽出しました。人生の冬を迎えたのですから、正直言って心の奥には、老いへの不安や畏れなどが抑えようもなくあるのですが、わたしは普段からなるべくそういうことを口にしたり書いたりしないように努めています。でないと本来、弱気な性分なのでそれに負けてしまうような気がするからです。負け惜しみのようですが、なるべく明るくいようと自らを励ましています。

思い返せば、わたしの人生には「父」の影響が大きいのです。わたしは父が出征している間に生れ、帰還した父と会ったのは三歳になろうとした時でした。

・真っ先に愛児《まなご》抱かんとする父の軍服に怯えし三歳のわたし　洋子
・手を広げわれに近づく兵隊が父とはしらず泣いて逃げた日

父は政治家の長男に生まれました。女四人の後の待望の男子です。骨太の祖父は活発な娘たちの陰にかくれがちの優しい息子に歯痒い想いをしたようです。文学青年で自分を押し出すのが苦手であった父は、戦後、市職員を全うしましたが、薄給の身で五人の子供を養うのは大変でした。休日は畑を耕し、休む間のない中で、子供には出来るだけ本を買ってくれ、ディズニーの映画に連れて行ってくれたり、近郊へハイキングに行くなど楽しみを与えてくれました。

また四人の伯母達が年に何回も来る家でもありました。祖父のよき時代に良縁を得た華やかな一団。それは我が家にとり一大事の日です。母はラジオの料理番組からメモした分厚いノートを捲り、都会人の舌に挑戦をしました。わたしは台所を手伝いながらその賑やかな会話を聞くのが好きでした。栄えていた商いが傾きだした人、全てが満たされていながらも、連れ合いが生涯お妾さんと縁を切らなかった人。職業軍人に嫁し寡婦となって朝鮮から子等を連れて引き揚げた人。唯一、農家に嫁して日焼けしていた末の伯母など。

小学生の私がしたり顔でそれらを聞いていたかと思うと可笑しくなります。父の背後にあった兵士の日々は殆ど語られませんでしたが、奇跡的な生還であることは何度か耳にしました。これらはただ一度、父の軍服姿をみたわたしの、その後の精神形成に何らかの影響をおよぼしたであろうと思っています。

父はまた当時としては珍しく園芸にも興味があるひとでした。同好の士がいて沢山の花々を育てていました。中でも一坪ほどの花壇いっぱいに咲いていた風信子《ヒヤシンス》の花。私はその愛らしく清楚な姿に心奪われました。結婚してから実家から球根をもらってきて花壇回りに植え、毎年楽しんでいます。歌集名はそんなわたしの原風景を重ねたものです。

今、埼玉県西部の日高市に住んで四十年を越しました。遥か千三百年前、高句麗より移り住んだ人々が高麗郡を設立したことにより始まった地。日和田山や清流高麗川、そのほとりに彼岸花の群生地もあります。高麗神社には平成二十九年、天皇・皇后が参拝されました。駅前の不動産会社には都会田舎《とかいなか》というキャッチコピーが貼り出されています。都会に一番近い田舎ということだそうです。ここに育んだ日々、友人、知人が私の宝であり、大切な家族と共にこれからも一日一日を過ごしていきたいと思っています。

長きにわたりご指導頂き、解説まで頂戴しました久々湊盈子先生には心より御礼申し上げます。また、版元砂子屋書房の田村雅之様、すてきな装丁をして下さった倉本修様に深く感謝申し上げます。

「合歓」の会、そして志木支部の皆様、地元同好会の皆様に御礼申し上げます。拙い歌集をお読みいただきありがとうございました。今後ともよろしくお願いいたします。

令和元年六月二十一日　紫陽花の美しい日に

石原洋子

著者略歴

一九四二年　埼玉県川越市に生まれる
一九六〇年　県立川越女子高等学校卒業
一九九七年　「個性」入会
二〇〇二年　第一歌集『海図』出版
二〇〇三年　「合歓」入会
日本歌人クラブ会員
埼玉県歌人協会会員
「文芸ひだか」編集委員

歌集　風信子《ヒヤシンス》

二〇一九年九月一四日初版発行

著　者　石原洋子
埼玉県日高市中鹿山四四四—五（〒三五〇—一二三二）

発行者　田村雅之

発行所　砂子屋書房
東京都千代田区内神田三—四—七（〒一〇一—〇〇四七）
電話　〇三—三二五六—四七〇八　振替　〇〇一三〇—二—九七六三一
URL http://www.sunagoya.com

組　版　はあどわあく

印　刷　長野印刷商工株式会社

製　本　渋谷文泉閣